JN437330

하늘과 바람과 별과 시

하늘과 바람과 별과 시

윤동주 지음

한국 시집 초간본 100주년 기념판 — 바람

일러두기

1. 이 책의 텍스트는 1948년 1월 30일에 발행된 『하늘과 바람과 별과 시』의 초간본이다.
2. 표기는 원칙적으로 현행 맞춤법에 따랐다. 그러나 특별한 시적 효과와 관련된다고 판단되는 경우는 원문의 표기를 그대로 두었다.
3. 한자는 한글로 고치되, 꼭 필요한 경우는 괄호 처리 하였다.
4. 편자 주는 모두 후주로 처리하였다.
5. 한 편의 시가 다음 면으로 이어질 때 연이 나뉘면 첫 번째 행 상단에 줄 비움 기호(>)를 넣어 구분하였다.

서(序)

서(序)—랄 것이 아니라

내가 무엇이고 정성껏 몇 마디 써야만 할 의무를 가졌건만 붓을 잡기가 죽기보다 싫은 날, 나는 천의를 뒤집어쓰고 차라리 병 아닌 신음을 하고 있다.

무엇이라고 써야 하나?

재주도 탕진하고 용기도 상실하고 8·15 이후에 나는 부당하게도 늙어 간다.

누가 있어서 〈너는 일편(一片)의 정성까지도 잃었느냐?〉 질타한다면 소허(少許) 항론(抗論)이 없이 앉음을 고쳐 무릎을 꿇으리라.

아직 무릎을 꿇을 만한 기력이 남았기에 나는 이 붓을 들어 시인 윤동주의 유고에 분향(焚香)하노라.

겨우 30여 편 되는 유시(遺詩) 이외에 윤동주와 그의 시인됨에 관한 아무 목증(目證)한 바 재료를 나는 갖지 않았다.

〈호사유피(虎死留皮)〉라는 말이 있겠다. 범이 죽어 가죽이 남았다면 그의 호문(虎紋)을 감정하여 〈수남〉이라고 하랴? 〈복동〉이라고 하랴? 범이란 범이 모조리 이름이 없었던 것이다.

내가 시인 윤동주를 몰랐기로서니 윤동주의 시가 바로 〈시〉고 보면 그만 아니냐?

호피는 마침내 호피에 지나지 못하고 말 것이나, 그의 〈시〉로써 그의 〈시인〉 됨을 알기는 어렵지 않은 일이다.

> (……)
>
> 나도 모를 아픔을 오래 참다 처음으로 이곳에 찾아왔다. 그러나 나의 늙은 의사는 젊은이의 병을 모른다. 나한테는 병이 없다고 한다. 이 지나친 시련, 이 지나친 피로, 나는 성내서는 안 된다.
>
> —그의 유시 「병원」의 일 절.

그의 다음 동생 일주 군과 나의 문답—

「형님이 살았으면 몇 살인고?」

「서른한 살입니다」

「죽기는 스물아홉에요—」

「간도에는 언제 가셨던고?」

「할아버지 때요」

「지내시기는 어떠했던고?」

「할아버지가 개척하여 소지주 정도였습니다」

「아버지는 무얼 하시노?」

「장사도 하시고 회사에도 다니시고 했지요」

「아아, 간도에 시와 애수와 같은 것이 발효하기 비롯한다면 윤동주와 같은 세대에서부터이었구나!」 나는 감상(感傷)하였다.

(……)
봄이 오면
죄를 짓고
눈이
밝아

이브가 해산하는 수고를 다하면

무화과 잎사귀로 부끄런 데를 가리고

나는 이마에 땀을 흘려야겠다.

—「또 태초의 아침」의 일 절.

다시 일주 군과 나와의 문답—

「연전(延專)을 마치고 동지사(同志社)에 가기는 몇 살이었던고?」

「스물여섯 적입니다」

「무슨 연애 같은 것이나 있었나?」

「하도 말이 없어서 모릅니다」

「술은?」

「먹는 것 못 보았습니다」

「담배는?」

「집에 와서는 어른들 때문에 피우는 것 못 보았습니다」

「인색하진 않았나?」

「누가 달라면 책이나 샤쓰나 거저 줍데다」

「공부는?」

「책을 보다가도 집에서나 남이 원하면 시간까지도 아끼지 않습데다」

「심술은?」

「순하디순하였습니다」

「몸은?」

「중학 때 축구 선수였습니다」

「주책은?」

「남이 하자는 대로 하다가도 함부로 속을 주지는 않습데다」

(……)

코카서스 산중에서 도망해 온 토끼처럼

둘러리를 빙빙 돌며 간을 지키자

내가 오래 기르던 여윈 독수리야!
와서 뜯어 먹어라, 시름없이

너는 살지고
나는 여위어야지, 그러나
(……)

—「간」의 일 절.

노자(老子) 오천언(五天言)에

〈허기심 실기복 약기지 강기골(虛基心 實基腹 弱基志 强基骨)〉이라는 구가 있다.

청년 윤동주는 의지가 약하였을 것이다. 그렇기에 서정시에 우수한 것이겠고, 그러나 뼈가 강하였던 것이리라, 그렇기에 일적(日賊)에게 살을 내던지고 뼈를 차지한 것이 아니었던가?

무시무시한 고독에서 죽었구나! 29세가 되도록 시도 발표하여 본 적도 없이!

일제시대에 날뛰던 부일문사(附日文士) 놈들의 글이 다시 보아 침을 뱉을 것뿐이나, 무명 윤동주가 부끄럽지 않고 슬프고 아름답기 한이 없는 시를 남기지 않았나?

시와 시인은 원래 이러한 것이다.

(……)
행복한 예수 그리스도에게
처럼
십자가가 허락된다면

모가지를 드리우고
꽃처럼 피어나는 피를
어두워 가는 하늘 밑에
조용히 흘리겠습니다.

—「십자가」의 일 절.

일제 헌병은 동(冬) 선달에도 꽃과 같은, 얼음 아래 다시 한 마리 잉어와 같은 조선 청년 시인을 죽이고 제 나라를 망치었다.

뻐가 강한 죄로 죽은 윤동주의 백골은 이제 고토(故土) 간도에 누워 있다.

고향에 돌아온 날 밤에
내 백골이 따라와 한방에 누웠다.

어둔 방은 우주로 통하고
하늘에선가 소리처럼 바람이 불어온다.
어둠 속에 곱게 풍화 작용하는

백골을 들여다보며
눈물짓는 것이 내가 우는 것이냐
백골이 우는 것이냐
아름다운 혼이 우는 것이냐

지조 높은 개는
밤을 새워 어둠을 짖는다.
어둠을 짖는 개는
나를 쫓는 것일 게다.

가자 가자
쫓기는 사람처럼 가자
백골 몰래
아름다운 또 다른 고향에 가자

—「또 다른 고향」

만일 윤동주가 이제 살아 있다고 하면 그의 시가 어떻게 진전하겠느냐는 문제—

그의 친우 김삼불 씨의 추도사와 같이 틀림없이
아무렴! 또다시 다른 길로 분연 매진할 것이다.

1947년 12월 28일
지용

하늘과 바람과 별과 시

흰 그림자

밤

하늘과 바람과 별과 시

서시

—하늘과 바람과 별과 시

죽는 날까지 하늘을 우러러
한 점 부끄럼이 없기를
잎새에 이는 바람에도
나는 괴로워했다.
별을 노래하는 마음으로
모든 죽어 가는 것을 사랑해야지
그리고 나한테 주어진 길을
걸어가야겠다.

오늘 밤에도 별이 바람에 스친다.

1941. 11. 20

자화상

산모퉁이를 돌아 논가 외딴 우물을 홀로 찾아가선 가만히 들여다봅니다.

우물 속에는 달이 밝고 구름이 흐르고 하늘이 펼치고 파란 바람이 불고 가을이 있습니다.

그리고 한 사나이가 있습니다.
어쩐지 그 사나이가 미워져 돌아갑니다.

돌아가다 생각하니 그 사나이가 가엾어집니다. 도로 가 들여다보니 사나이는 그대로 있습니다.

다시 그 사나이가 미워져 돌아갑니다.
돌아가다 생각하니 그 사나이가 그리워집니다.

우물 속에는 달이 밝고 구름이 흐르고 하늘이 펼치고 파란 바람이 불고 가을이 있고 추억처럼 사나이가 있습니다.

1939. 9

소년

여기저기서 단풍잎 같은 슬픈 가을이 뚝뚝 떨어진다. 단풍잎 떨어져 나온 자리마다 봄을 마련해 놓고 나뭇가지 위에 하늘이 펼쳐 있다. 가만히 하늘을 들여다보려면 눈썹에 파란 물감이 든다. 두 손으로 따뜻한 볼을 쓸어 보면 손바닥에도 파란 물감이 묻어난다. 다시 손바닥을 들여다본다. 손금에는 맑은 강물이 흐르고, 맑은 강물이 흐르고, 강물 속에는 사랑처럼 슬픈 얼굴 — 아름다운 순이의 얼굴이 어린다. 소년은 황홀히 눈을 감아 본다. 그래도 맑은 강물은 흘러 사랑처럼 슬픈 얼굴 — 아름다운 순이의 얼굴은 어린다.

1939

눈 오는 지도

순이가 떠난다는 아침에 말 못 할 마음으로 함박눈이 내려, 슬픈 것처럼 창밖에 아득히 깔린 지도 위에 덮인다.

방 안을 돌아다보아야 아무도 없다. 벽과 천장이 하얗다. 방 안에까지 눈이 내리는 것일까, 정말 너는 잃어버린 역사(歷史)처럼 홀홀이 가는 것이냐, 떠나기 전에 일러둘 말이 있던 것을 편지를 써서도 네가 가는 곳을 몰라 어느 거리, 어느 마을, 어느 지붕 밑, 너는 내 마음속에만 남아 있는 것이냐, 네 쪼그만 발자국을 눈이 자꾸 내려 덮여 따라갈 수도 없다. 눈이 녹으면 남은 발자국 자리마다 꽃이 피리니 꽃 사이로 발자국을 찾아 나서면 일 년 열두 달 하냥 내 마음에는 눈이 내리리라.

1941. 3. 12

돌아와 보는 밤

세상으로부터 돌아오듯이 이제 내 좁은 방에 돌아와 불을 끄옵니다. 불을 켜두는 것은 너무나 피로로운 일이옵니다. 그것은 낮의 연장이옵기에 —

이제 창을 열어 공기를 바꾸어 들여야 할 텐데 밖을 가만히 내다보아야 방 안과 같이 어두워 꼭 세상 같은데 비를 맞고 오던 길이 그대로 빗속에 젖어 있사옵니다.

하루의 울분을 씻을 바 없어 가만히 눈을 감으면 마음속으로 흐르는 소리, 이제, 사상(思想)이 능금처럼 저절로 익어 가옵니다.

1941. 6

병원

살구나무 그늘로 얼굴을 가리고 병원 뒤뜰에 누워, 젊은 여자가 흰옷 아래로 하얀 다리를 드러내 놓고 일광욕을 한다. 한나절이 기울도록 가슴을 앓는다는 이 여자를 찾아오는 이, 나비 한 마리도 없다. 슬프지도 않은 살구나무 가지에는 바람조차 없다.

나도 모를 아픔을 오래 참다 처음으로 이곳에 찾아왔다. 그러나 나의 늙은 의사는 젊은이의 병을 모른다. 나한테는 병이 없다고 한다. 이 지나친 시련, 이 지나친 피로, 나는 성내서는 안 된다.

여자는 자리에서 일어나 옷깃을 여미고 화단에서 금잔화 한 포기를 따 가슴에 꽂고 병실 안으로 사라진다. 나는 그 여자의 건강이 — 아니 내 건강도 속히 회복되기를 바라며 그가 누웠던 자리에 누워 본다.

1940. 12

새로운 길

내를 건너서 숲으로
고개를 넘어서 마을로

어제도 가고 오늘도 갈
나의 길 새로운 길

민들레가 피고 까치가 날고
아가씨가 지나고 바람이 일고

나의 길은 언제나 새로운 길
오늘도…… 내일도……

내를 건너서 숲으로
고개를 넘어서 마을로

1938. 5. 10

간판 없는 거리

정거장 플랫폼에
내렸을 때 아무도 없어,

다들 손님들뿐,
손님 같은 사람들뿐,

집집마다 간판이 없어
집 찾을 근심이 없어

빨갛게
파랗게
불붙는 문자도 없이

모퉁이마다
자애로운 헌 와사등(瓦斯燈)에
불을 켜 놓고,

>

손목을 잡으면
다들, 어진 사람들
다들, 어진 사람들

봄, 여름, 가을, 겨울,
순서로 돌아들고.

1941

태초의 아침

봄날 아침도 아니고
여름, 가을, 겨울,
그런 날 아침도 아닌 아침에

빨간 꽃이 피어났네,
햇빛이 푸른데,

그 전날 밤에
그 전날 밤에
모든 것이 마련되었네,

사랑은 뱀과 함께
독은 어린 꽃과 함께

또 태초의 아침

하얗게 눈이 덮이었고
전신주가 잉잉 울어
하나님 말씀이 들려온다.

무슨 계시일까.

빨리
봄이 오면
죄를 짓고
눈이 밝아

이브가 해산하는 수고를 다하면

무화과 잎사귀로 부끄런 데를 가리고

나는 이마에 땀을 흘려야겠다.

새벽이 올 때까지

다들 죽어 가는 사람들에게
검은 옷을 입히시오.

다들 살아가는 사람들에게
흰옷을 입히시오.

그리고 한 침실에
가지런히 잠을 재우시오.

다들 울거들랑
젖을 먹이시오.

이제 새벽이 오면
나팔소리 들려올 거외다.

1941. 5

무서운 시간

거 나를 부르는 것이 누구요.

가랑잎 이파리 푸르러 나오는 그늘인데,
나 아직 여기 호흡이 남아 있소.

한 번도 손 들어 보지 못한 나를
손 들어 표할 하늘도 없는 나를

어디에 내 한 몸 둘 하늘이 있어
나를 부르는 것이오.

일이 마치고 내 죽는 날 아침에는
서럽지도 않은 가랑잎이 떨어질 텐데……

나를 부르지 마오.

1941. 2. 7

십자가

쫓아오던 햇빛인데
지금 교회당 꼭대기
십자가에 걸리었습니다.

첨탑이 저렇게도 높은데
어떻게 올라갈 수 있을까요.

종소리도 들려오지 않는데
휘파람이나 불며 서성거리다가,

괴로웠던 사나이,
행복한 예수 그리스도에게
처럼
십자가가 허락된다면

모가지를 드리우고
꽃처럼 피어나는 피를

어두워 가는 하늘 밑에
조용히 흘리겠습니다.

1941. 5. 31

바람이 불어

바람이 어디로부터 불어와
어디로 불려 가는 것일까,

바람이 부는데
내 괴로움에는 이유가 없다.

내 괴로움에는 이유가 없을까.

단 한 여자를 사랑한 일도 없다.
시대를 슬퍼한 일도 없다.

바람이 자꾸 부는데
내 발이 반석 위에 섰다.

강물이 자꾸 흐르는데
내 발이 언덕 위에 섰다.

1941. 6. 2

슬픈 족속

흰 수건이 검은 머리를 두르고
흰 고무신이 거친 발에 걸리다.

흰 저고리 치마가 슬픈 몸집을 가리고
흰 띠가 가는 허리를 질끈 동이다.

1938. 9

눈 감고 간다

태양을 사모하는 아이들아
별을 사랑하는 아이들아

밤이 어두웠는데
눈 감고 가거라.

가진 바 씨앗을
뿌리면서 가거라.

발부리에 돌이 채이거든
감았던 눈을 와짝 떠라.

1941. 5. 31

또 다른 고향

고향에 돌아온 날 밤에
내 백골이 따라와 한방에 누웠다.

어둔 방은 우주로 통하고
하늘에선가 소리처럼 바람이 불어온다.

어둠 속에 곱게 풍화 작용 하는
백골을 들여다보며
눈물짓는 것이 내가 우는 것이냐
백골이 우는 것이냐
아름다운 혼이 우는 것이냐

지조 높은 개는
밤을 새워 어둠을 짖는다.

어둠을 짖는 개는
나를 쫓는 것일 게다.

>

가자 가자
쫓기는 사람처럼 가자
백골 몰래
아름다운 또 다른 고향에 가자.

1941. 9

길

잃어버렸습니다.
무얼 어디다 잃었는지 몰라
두 손이 주머니를 더듬어
길에 나아갑니다.

돌과 돌과 돌이 끝없이 연달아
길은 돌담을 끼고 갑니다.

담은 쇠문을 굳게 닫아
길 위에 긴 그림자를 드리우고

길은 아침에서 저녁으로
저녁에서 아침으로 통했습니다.

돌담을 더듬어 눈물짓다
쳐다보면 하늘은 부끄럽게 푸릅니다.

>

풀 한 포기 없는 이 길을 걷는 것은
담 저쪽에 내가 남아 있는 까닭이고,

내가 사는 것은 다만,
잃은 것을 찾는 까닭입니다.

1941.9.31

별 헤는 밤

계절이 지나가는 하늘에는
가을로 가득 차 있습니다.

나는 아무 걱정도 없이
가을 속의 별들을 다 헬 듯합니다.

가슴속에 하나둘 새겨지는 별을
이제 다 못 헤는 것은
쉬이 아침이 오는 까닭이요,
내일 밤이 남은 까닭이요,
아직 나의 청춘이 다하지 않은 까닭입니다.

별 하나에 추억과
별 하나에 사랑과
별 하나에 쓸쓸함과
별 하나에 동경과
별 하나에 시와

별 하나에 어머니, 어머니,

어머님, 나는 별 하나에 아름다운 말 한마디씩 불러 봅니다. 소학교 때 책상을 같이했던 아이들의 이름과 패(佩), 경(鏡), 옥(玉) 이런 이국 소녀들의 이름과 벌써 애기 어머니 된 계집애들의 이름과, 가난한 이웃 사람들의 이름과, 비둘기, 강아지, 토끼, 노새, 노루, 프랑시스 잠, 라이너 마리아 릴케 이런 시인의 이름을 불러 봅니다.

이네들은 너무나 멀리 있습니다.
별이 아슬히 멀듯이,

어머님,
그리고 당신은 멀리 북간도에 계십니다.

나는 무엇인지 그리워
이 많은 별빛이 내린 언덕 위에

내 이름자를 써 보고,
흙으로 덮어 버리었습니다.

딴은 밤을 새워 우는 벌레는
부끄러운 이름을 슬퍼하는 까닭입니다.

그러나 겨울이 지나고 나의 별에도 봄이 오면
무덤 위에 파란 잔디가 피어나듯이
내 이름자 묻힌 언덕 위에도
자랑처럼 풀이 무성할 거외다.

1941. 11. 5

흰 그림자

흰 그림자

황혼이 짙어지는 길목에서
하루 종일 시든 귀를 가만히 기울이면
땅거미 옮겨지는 발자취 소리,

발자취 소리를 들을 수 있도록
나는 총명했던가요.

이제 어리석게도 모든 것을 깨달은 다음
오래 마음 깊은 속에
괴로워하던 수많은 나를
하나, 둘 제 고장으로 돌려보내면
거리 모퉁이 어둠 속으로
소리 없이 사라지는 흰 그림자,

흰 그림자들
연연히 사랑하던 흰 그림자들,

내 모든 것을 돌려보낸 뒤
허전히 뒷골목을 돌아
황혼처럼 물드는 내 방으로 돌아오면

신념이 깊은 의젓한 양처럼
하루 종일 시름없이 풀포기나 뜯자.

1942. 4. 14

사랑스런 추억

봄이 오던 아침, 서울 어느 쪼그만 정거장에서 희망과 사랑처럼 기차를 기다려,

나는 플랫폼에 간신한 그림자를 떨어트리고, 담배를 피웠다.

내 그림자는 담배 연기 그림자를 날리고,
비둘기 한 떼가 부끄러울 것도 없이
나래 속을 속 속 햇빛에 비춰 날았다.

기차는 아무 새로운 소식도 없이
나를 멀리 실어다 주어,

봄은 다 가고 — 동경(東京) 교외 어느 조용한 하숙방에서, 옛 거리에 남은 나를 희망과 사랑처럼 그리워한다.

오늘도 기차는 몇 번이나 무의미하게 지나가고,

오늘도 나는 누구를 기다려 정거장 가까운 언덕에서 서성거릴 게다.

—아아 젊음은 오래 거기 남아 있거라.

1942. 5. 13

흐르는 거리

으스럼히 안개가 흐른다. 거리가 흘러간다. 저 전차, 자동차, 모든 바퀴가 어디로 흘러가는 것일까? 정박할 아무 항구도 없이, 가련한 많은 사람들을 싣고서, 안개 속에 잠긴 거리는,

거리 모퉁이 붉은 포스트 상자를 붙잡고, 섰으려면 모든 것이 흐르는 속에 어렴풋이 빛나는 가로등, 꺼지지 않는 것은 무슨 상징일까? 사랑하는 동무 박(朴)이여! 그리고 김(金)이여! 자네들은 지금 어디 있는가? 끝없이 안개가 흐르는데,

〈새로운 날 아침 우리 다시 정답게 손목을 잡아 보세〉 몇 자 적어 포스트 속에 떨어트리고, 밤을 새워 기다리면 금 휘장(金徽章)에 금 단추를 삐었고 거인처럼 찬란히 나타나는 배달부, 아침과 함께 즐거운 내림(來臨),

이 밤을 하염없이 안개가 흐른다.

쉽게 씌어진 시

창밖에 밤비가 속살거려
육첩방(六疊房)은 남의 나라,

시인이란 슬픈 천명인 줄 알면서도
한 줄 시를 적어 볼까,

땀내와 사랑내 포근히 품긴
보내 주신 학비 봉투를 받아

대학 노트를 끼고
늙은 교수의 강의 들으러 간다.

생각해 보면 어린 때 동무를
하나, 둘, 죄다 잃어버리고

나는 무얼 바라
나는 다만, 홀로 침전하는 것일까?

>

인생은 살기 어렵다는데
시가 이렇게 쉽게 씌어지는 것은
부끄러운 일이다.

육첩방은 남의 나라
창밖에 밤비가 속살거리는데,

등불을 밝혀 어둠을 조금 내몰고,
시대처럼 올 아침을 기다리는 최후의 나,

나는 나에게 작은 손을 내밀어
눈물과 위안으로 잡는 최초의 악수.

1942. 6. 3

봄

봄이 혈관 속에 시내처럼 흘러
돌, 돌, 시내 가까운 언덕에
개나리, 진달래, 노란 배추꽃,

삼동을 참아 온 나는
풀포기처럼 피어난다.

즐거운 종달새야
어느 이랑에서나 즐겁게 솟쳐라.

푸른 하늘은
아른아른 높기도 한데……

밤

밤

외양간 당나귀
앙앙 외마디 울음 울고,

당나귀 소리에
으 아 아 애기 소스라쳐 깨고,

등잔에 불을 다오.

아버지는 당나귀에게
짚을 한 키 담아 주고,

어머니는 애기에게
젖을 한 모금 먹이고,

밤은 다시 고요히 잠드오.

1937. 3

유언

훤한 방에
유언은 소리 없는 입놀림.

—바다에 진주 캐러 갔다는 아들
해녀와 사랑을 속삭인다는 맏아들,
이 밤에사 돌아오나 내다봐라—

평생 외롭던 아버지의 운명(殞命)
감기는 눈에 슬픔이 어린다.

외딴집에 개가 짖고
휘영청 달이 문살에 흐르는 밤.

1937. 10. 24

아우의 인상화

붉은 이마에 싸늘한 달이 서리어
아우의 얼굴은 슬픈 그림이다.

발걸음 멈추어
살그머니 앳된 손을 잡으며
「너는 자라 무엇이 되려니」
「사람이 되지」
아우의 설운 진정코 설운 대답이다.

슬며시 잡았던 손을 놓고
아우의 얼굴을 다시 들여다본다.

싸늘한 달이 붉은 이마에 젖어
아우의 얼굴은 슬픈 그림이다.

1938. 9. 15

위로

거미란 놈이 흉한 심보로 병원 뒤뜰 난간과 꽃밭 사이 사람 발이 잘 닿지 않는 곳에 그물을 쳐놓았다. 옥외(屋外) 요양을 받는 젊은 사나이가 누워서 치어다보기 바르게 —

나비가 한 마리 꽃밭에 날아들다 그물에 걸리었다. 노란 날개를 파득거려도 파득거려도 나비는 자꾸 감기기만 한다. 거미가 쏜살같이 가더니 끝없는 끝없는 실을 뽑아 나비의 온몸을 감아 버린다. 사나이는 긴 한숨을 쉬었다.

나이보다 무수한 고생 끝에 때를 잃고 병을 얻은 이 사나이를 위로할 말이 — 거미줄을 헝클어 버리는 것밖에 위로의 말이 없었다.

1940. 12. 3

간

바닷가 햇빛 바른 바위 위에
습한 간(肝)을 펴서 말리자.

코카서스 산중에서 도망해 온 토끼처럼
둘러리를 빙빙 돌며 간을 지키자,

내가 오래 기르던 여윈 독수리야!
와서 뜯어 먹어라, 시름없이

너는 살지고
나는 여위어야지, 그러나,

거북이야!
다시는 용궁의 유혹에 안 떨어진다.

프로메테우스 불쌍한 프로메테우스
불 도적한 죄로 목에 맷돌을 달고

끝없이 침전하는 프로메테우스.

1941. 11. 29

산골물

괴로운 사람아 괴로운 사람아
옷자락 물결 속에서도
가슴속 깊이 돌돌 샘물이 흘러
이 밤을 더불어 말할 이 없도다.
거리의 소음과 노래 부를 수 없도다.
그신 듯이 냇가에 앉았으니
사랑과 일을 거리에 맡기고
가만히 가만히
바다로 가자,
바다로 가자.

참회록

파란 녹이 낀 구리거울 속에
내 얼굴이 남아 있는 것은
어느 왕조의 유물(遺物)이기에
이다지도 욕될까

나는 나의 참회의 글을 한 줄에 줄이자
—만 이십사 년 일 개월을
　무슨 기쁨을 바라 살아왔는가

내일이나 모레나 그 어느 즐거운 날에
나는 또 한 줄의 참회록을 써야 한다.
—그때 그 젊은 나이에
　왜 그런 부끄런 고백을 했던가

밤이면 밤마다 나의 거울을
손바닥으로 발바닥으로 닦아 보자

그러면 어느 운석(隕石) 밑으로 홀로 걸어가는
슬픈 사람의 뒷모양이
거울 속에 나타나 온다.

1924*

창밖에 있거든 두드리라

—동주 몽규 두 영(靈)을 부른다

유영

동주야 몽규야
너와 즐겨 외우고
너와 즐겨 울던
삼불이도 병욱이도
그리고 처중이도……

아니 네 노래 한 구절 흉내에도 땀 빼던 영(玲)이도 여기 와 있다.

차디찬 하숙방에
한술 밥을 노느며
시와 조선과 인민을 말하던
시와 조선과 인민과 죽음을 같이하려던
네 벗들이
여기 와 기다린 지 오래다.

창밖에 있거든 두드리라
동주야 몽규야
너를 쫓아 바람 곧이 만주에 낳게 하고

너로 하여금 그늘 밑에, 숨어 시를 쓰게 하고
너를 잡아 이역 옥창(獄窓)에 눕게 한
너와 나와 이를 갈던 악마 또한 물러가
게다 소리 하까마 칼자루에 빠가고라 소리마저 사라졌다.

너와 함께 즐겨 거닐다
한 잔 차에 시름 띄워
뭉킨 가슴 풀어 보던
여기가 바로 다방 헐리웃이다.
그렇다 피의 분출을 가다듬어
원수의 이빨을 빼려다
급기야 강아지 발톱에 찢긴
여기가 바로 다방

나는 믿지 않는다 믿지 못한다
네 없음을 말해야 할 이 자리란

금시 너희는 원앙새 모양 발을 맞추어
항시 잊지 않던 미소를 들고
너는 우리 자리에 손을 내밀 것이다.

창밖에 있거든 두드리라
그리고 소리쳐 대답하라.

모진 바람에도 거세지 않은 네 용정(龍井) 사투리와
고요한 봄물결과 같이
또 오월 하늘 비단을 찢는 꾀꼬리 소리와 같이
어여쁘던 네 노래를 기다린 지 이제 삼 년
시원하게 원수도 못 갚은 채 새 원수에 쫓기는
울 줄도 모르는 어리석은 네 벗들이
다시금 외쳐 네 이름 부르노니
아는가 모르는가
「동주야! 몽규야!」

1947. 2. 16

발문

동주는 별로 말주변도 사귐성도 없었건만 그의 방에는 언제나 친구들이 가득 차 있었다. 아무리 바쁜 일이 있더라도 〈동주 있나〉 하고 찾으면 하던 일을 모두 내던지고 빙그레 웃으며 반가이 마주 앉아 주는 것이었다.

〈동주 좀 걸어 보자구〉 이렇게 산책을 청하면 싫다는 적이 없었다. 겨울이든 여름이든 밤이든 새벽이든 산이든 들이든 강가든 아무런 때 아무 데를 끌어도 선뜻 따라나서는 것이었다. 그는 말이 없이 묵묵히 걸었고 항상 그의 얼굴은 침울하였다. 가끔 그러다가 외마디 비통한 고함을 잘 질렀다. 〈아 ―〉 하고 나오는 외마디 소리! 그것은 언제나 친구들의 마음에 알지 못할 울분을 주었다.

〈동주 돈 좀 있나〉 옹색한 친구들은 곧잘 그의 넉넉지 못한 주머니를 노리었다. 그는 있고서 안 주는 법이 없었고 없으면 대신 외투든 시계든 내주고야 마음을 놓았다. 그래서 그의 외투나 시계는 친구들의 손을 거쳐 전당포 나들이를 부지런히 하였다.

이런 동주도 친구들에게 굳이 거부하는 일이 두 가지 있었다. 하나는 〈동주 자네 시 여기를 좀 고치면 어떤가〉 하는 데 대하여 그는 응하여 주는 때가 없었다. 조용히 열흘이고 한 달이고 두 달이고 곰곰이 생각하여서 한 편 시를 탄생시킨다. 그때까지는 누구에게도 그 시를 보이지를 않는다. 이미 보여 주는 때는 흠이 없는 하나의 옥이다. 지나치게 그는 겸허 온순하였건만, 자기의 시만은 양보하지를 않았다.

또 하나 그는 한 여성을 사랑하였다. 그러나 이 사랑을 그 여성에게도 친구들에게도 끝내 고백하지 않았다. 그 여성도 모르는 친구들도 모르는 사랑을 회답도 없고 돌아오지도 않는 사랑을 저 홀로 간직한 채 고민도 하면서 희망도 하면서 — 쑥스럽다 할까 어리석다 할까? 그러나 이제 와 고쳐 생각하니 이것은 하나의 여성에 대한 사랑이 아니라 이루어지지 않을 〈또 다른 고향〉에 대한 꿈이 아니었던가. 어쨌든 친구들에게 이것만은 힘써 감추었다.

그는 간도에서 나고 일본 복강(福岡)에서 죽었다. 이역에서 나고 갔건만 무던히 조국을 사랑하고 우리말을 좋아하더니 — 그는 나의 친구이기도 하려니와 그의 아이 적 동무 송몽규와 함께 〈독립운동〉의 죄명으로 이 년 형을 받아 감옥에 들어간 채 마침내 모진 악형(惡刑)에 쓰러지고 말았다. 그것은 몽규와 동주가 연전(延專)을 마치고 경도(京都)에 가서 대학생 노릇 하던 중도의 일이었다.

「무슨 뜻인지 모르나 마지막 외마디 소리를 지르고 운명

했지요. 짐작컨대 그 소리가 마치 조선 독립 만세를 부르는 듯 느껴지더군요」

이 말은 동주의 최후를 감시하던 일본인 간수가 그의 시체를 찾으러 복강 갔던 그 유족에게 전하여 준 말이다. 그 비통한 외마디 소리! 일본 간수야 그 뜻을 알 리만도 저도 그 소리에 느낀 바 있었나 보다. 동주 감옥에서 외마디 소리로서 아주 가버리니 그 나이 스물아홉, 바로 해방되던 해다. 몽규도 그 며칠 뒤 따라 옥사하니 그도 재사(才士)였느니라. 그들의 유골은 지금 간도에서 길이 잠들었고 이제 그 친구들의 손을 빌어 동주의 시는 한 책이 되어 길이 세상에 전하여지려 한다.

불러도 대답 없을 동주 몽규언만 헛되나마 다시 부르고 싶은 동주! 몽규!

강처중

*

63쪽　〈1942〉의 오기인 듯하다.

해설

윤동주와 『하늘과 바람과 별과 시』

윤동주는 1917년 간도의 명동촌에서 태어나 행복하고 아름다운 어린 시절을 보냈다. 그는 어린 시절부터 문학에 대한 관심이 높았고 중학교 때는 동시를 즐겨 썼다. 그의 동시들은 순수하고 아름다운 세계를 소박하게 보여 준다. 윤동주는 은진중학교와 명동중학교를 거쳐 1938년 연희전문학교에 입학했다. 중학 시절에는 민족의식을 자극할 만한 여러 가지 정치적 사건들을 체험하지만 대체로 온화하고 다정다감한 문학 소년의 모습을 보여 주었다고 한다.

그가 천진난만한 동시의 세계에서 한 걸음 나아가 민족이 처한 구체적인 현실을 인식하기 시작한 것은 연희전문학교에 입학한 스물두 살 무렵부터이다. 윤동주는 민족과 시대의 현실에 대해 내면적이고 실존적인 사유를 행하였으며 강한 실천적 신념이 아닌 내면적 갈등의 형태로 그것을 드러냈다. 그는 내면의 갈등을 마치 일기를 쓰듯 시로 써서 남겨 두었다.

윤동주는 1941년 연희전문학교를 졸업하고 그다음 해 일본으로 가서 릿쿄(立敎) 대학 영문과에 입학하였다. 연희전문학교 졸업을 기념하여 그동안 쓴 작품 가운데 19편을 골라 『하늘과 바람과 별과 시』라는 제목의 시집을 발간할 예정이었으나 뜻을 이루지 못했다. 1942년 가을 도시샤(同志社) 대학 영문과로 학교를 옮겼다. 이듬해 7월 여름 방학을 맞아 고향으로 떠나기 직전 경찰에 체포되어 교토의 가모가와 경찰서에 구금되었다. 그의 죄명은 〈사상 불온, 독립운동, 비일본 신민(非日本臣民), 온건하나 서구 사상 농후〉 등이었다. 다음 해 6월 2년 형을 언도받고 후쿠오카 형무소에서 복역하던 중 1945년 2월 16일 스물여덟의 젊은 나이로 순절하였다.

1946년 7월 유고 시 「쉽게 씌어진 시」가 『경향신문』에 최초로 발표되었고, 1948년에 정음사에서 유고시집 『하늘과 바람과 별과 시』가 출간되어 비로소 윤동주의 시는 세상에 알려지게 되었다.

생애와 주변 사람들의 회고, 그가 남긴 글들을 통해 볼 때 윤동주는 매우 조용하고 내면적인 성격의 소유자였던 것으로 보인다. 그는 열다섯 살 때까지 생활한 명동촌의 삶에서 평화와 순수의 세계를 지향하는 본질적인 자아를 형성한다. 명동촌을 떠나 여러 곳을 옮겨 다니면서 삶의 어두운 요소도 체험하게 된다. 그러나 성장기 동안 그는 그 어둠에 물들지 않으며 자신의 순수한 세계만을 지키면 된다고 생각했던 것 같다. 그의 성장기의 습작품들은 동시의 아름답고 순수한 세계가 지배적인 경향이다.

그러나 사춘기를 지나면서 윤동주는 현실이라는 좀 더 큰 세계를 만나지 않을 수 없었다. 그는 가혹한 식민지 상태의 어두운 현실에 눈떠 가면서 아름답고 평화로운 동시의 세계를 포기해야 할지도 모른다는 불안감을 느끼게 된다. 1938년 6월 19일에 쓴 「사랑의 전당」이라는 시는 동시의 세계를 포기하고 현실의 세계로 나아가야 한다는 시인의 자각을 보여 주는 작품이다.

이 무렵부터 윤동주는 우리 민족이 처해 있는 참혹한 현실을 진지하게 성찰하기 시작했다. 그러나 그가 문학적 대상으로 삼은 것은 식민지 현실 그 자체가 아니라, 아름다운 화해의 세계를 지향하는 그의 본성과 가혹한 시대를 정직하게 대면하고자 하는 양심 사이의 내면적 갈등이다. 민족을 도탄에 빠뜨리고 무수한 죄악을 저지르는 일본 제국에 대한 증오와, 원수까지도 사랑해야 한다는 내면의 윤리 사이에서 그는 심각하게 갈등하였고 그 갈등의 과정을 시로 남겼다.

윤동주의 본격적인 시 세계는 「자화상」으로부터 시작된다. 1939년 9월에 쓰인 이 시는 내면의 갈등을 미묘하고 섬세하게 그려 내고 있다. 이 시에서는 갈등이 진행됨에 따라 본질적 자아와 현실적 자아의 거리가 점점 멀어지고 시간이 지날수록 현실적 자아 쪽으로 나아가는 변화를 살필 수 있다. 시인은 순수하고 평화로운 세계에 대한 동경을 간직한 채로 가혹한 민족적 현실에 더 무게중심을 두게 된다. 그가 파악한 민족의 현실은 「병원」에서 비유하고 있듯 병든 상태에 놓여 있었다. 병든 시대를 분명히 자각하게 되면서 그는 시대를 위해 자신의 삶을 바쳐야 한다는 시대적 양심의 요청을 강하게 받게 된다.

가혹한 식민지 현실을 실존적 체험으로 인식하고 시대적 양심의 소리를 의식하면서부터 윤동주의 내면적 갈등은 본격적으로 깊어졌다. 시대적 양심의 소리에 부응한다는 것은 일제의 지배에 저항한다는 것을 의미한다. 당시 일제에 대한 저항이란 죽음을 각오해야 할 정도로 엄숙한 결단이 전제되었다. 그런데 윤동주가 시대적 양심의 실천을 계속 망설인 것은, 그것이 죽음의 결단을 요구하는 것이기 때문이라기보다 일제에 저항하는 것이 사랑의 실천일 수 있는가에 대한 확신이 서지 않았기 때문인 것으로 보인다. 내면적 윤리와 종교적 신념이 투철했던 그로서는 원수까지도 사랑하라는 교리와 일제에 대한 증오와 투쟁을 요구하는 시대적 양심 사이에서 끊임없이 갈등하지 않을 수 없었다. 일제에 대한 저항까지도 사랑의 실천에 위배되는 것으로 보고 심각하게 고민한 이러한 윤리적 결벽성이야말로 윤동주 시의 정신적 높이와 깊은 감동의 원천이라 할 만하다.

윤동주가 한 단계 더 성숙한 내면의 모습을 보여 주게 되는 것은 「또 다른 고향」에서이다. 이 시는 그가 연희전문학교4학년 1학기를 마치고 여름 방학을 이용하여 고향에 가서 쓴 작품이다. 이 시에서 그는 시대적 양심을 실천하는 세계를 〈아름다운 또 다른 고향〉이라고 명명한다. 지금까지 그의 시에 나타난 고뇌가 내면적 완성을 위한 노력이었다면 이 작품에서부터는 미래에 대한 희망을 드러내기 시작한다. 현실적 자아가 추구하는 또 다른 고향도 아름답다는 생각은, 더 나아가 또 다른 고향의 추구가 결국은 고향의 포기가 아니라 고향의 회복이 된다는 인식으로 발전한다. 이러한 생각은 폐쇄적이고 개인적인 순수 선(善)의 세계에서 벗어나 현실적 악을 포괄하고 넘어서는 더욱 크고 성숙된 선의 세계를 발견하게 한다. 그의 본질적 자아와 현실적 자아는 갈등을 겪으면서 심화 발전하여 더 크고 성숙된 하나의 자아로 통합되고 내면적 완성에 이르게 된 것이다.

윤동주는 일본으로 건너간 첫 학기에 네 편의 시를 남겼는데, 여기서는 더 이상의 갈등은 보이지 않고 담담한 신념을 살필 수 있다. 이 시들은 편안하고 긍정적인 느낌을 주며 행동으로 나아가기 직전의 비장한 마음을 엿보게 한다. 윤동주가 마지막으로 남긴 시들은 실천적 삶을 준비하는 과정에서 신념을 확인하는 자아의 성찰을 보여 준다. 〈신념이 깊은 의젓한 양처럼 / 하루 종일 시름없이 풀포기나 뜯자〉(「흰 그림자」)에서의 〈의젓한 양〉처럼 드디어 갈등을 극복한 모습을 보여 주는 것이다. 이와 같이 편안한 몇 편의 시를 더 쓰고 나서 그는 1943년 7월 일본 경찰에 체포되었고 해방되기 직전에 이국의 감옥에서 짧은 생을 마쳤다.

이남호(고려대학교 명예교수)

편자의 말

한국 현대시를 대표할 만한 시집들의 초간본을 다시 출간하는 일은 과거를 오늘에 되살리는 일이라기보다는 점점 과거 속으로 사라져 가는 것에 새로운 생명을 부여하여 여전히 오늘의 것이 되게 하는 일이라고 생각한다. 한국 현대시 100년의 역사는 많은 훌륭한 시집을 남겼다. 많은 훌륭한 시집들이 모여서 한국 현대시 100년의 풍요를 이루었다고 말할 수도 있다. 그러한 시집들을 계속 살아 있게 하는 일은 시를 사랑하는 사람의 의무일 것이다.

그러나 이러한 작업은 겉으로 드러나지 않는 수고와 신중함을 많이 요구한다. 첫째는 대표 시인을 선정하는 어려움이다. 수많은 시집들을 편견 없이 재검토해야 하는 수고도 수고지만, 선정과 배제의 경계에 있는 시집들에 대해서는 많은 망설임과 논의가 있어야 했다. 대표 시인 선정 작업이 높은 안목과 보편타당한 기준에 의해서 이루어졌는지는 시간을 두고 전문 독자들에 의해서 판단될 것이다.

두 번째 어려움은 표기에 관련된 것이다. 사실 20세기 전반기의 우리 출판과 한글 표기법의 수준은 보잘것없다.

맞춤법, 띄어쓰기, 행 가름, 연 가름 등에는 혼란스러운 곳이 많고 오식으로 보이는 부분들도 많다. 그것들은 오늘날의 독자들에게 혼란과 거북함을 줄 뿐만 아니라, 작품의 이해를 방해하기도 한다. 그리고 다른 지면에 인용될 때마다 표기가 달라지는 결과를 낳기도 한다. 근대 초기의 많은 문학 작품들을 오늘날의 표기법으로 잘 고쳐서 결정본을 확정 짓는 작업이 시급하다고 할 수 있다. 이러한 생각에서 시적 효과를 지나치게 훼손하지 않는 범위 안에서 표기를 오늘에 맞게 고쳤다. 그러나 시의 속성상 표기를 고치는 일은 조심스럽지 않을 수 없다. 단어 하나, 표현 하나마다 시적 효과와 현재의 표기법 그리고 일관성을 고려해서 번역 아닌 번역 작업을 해야 했다. 이러한 작업이 원문의 분위기를 어느 정도 훼손하는 것은 어쩔 수 없었다. 또 어떻게 고쳐야 할지 판단이 서지 않는 부분도 꽤 있었다. 어쩌면 표기와 관련해서 노력한 만큼의 성과를 얻지 못했는지도 모른다. 그러나 이러한 작업의 축적을 통해서 작품의 결정본을 만들어 나갈 수 있을 것이며, 또한 오늘의 독자에게 친숙한 작품이 될 수 있을 것이다.

초간본의 재출간 아이디어를 최초로 낸 사람은 열린책들의 홍지웅 사장이다. 그분의 남다른 문학 사랑과 출판 감각 그리고 이 작업에 대한 전폭적인 지원에 존경심을 표하고 싶다. 그리고 시집 선정과 표기 수정 및 기타 작업은 이혜원, 신지연, 하재연 선생과 팀을 이루어 했다. 이분들의 꼼꼼함과 성실함에도 존경심을 표하고 싶다. 이 총서가 문학 연구자들뿐만 아니라 일반 독자들에게도 널리 그리고 오래 사랑받기를 바란다.

이남호

한국 시집 초간본 100주년 기념판

하늘과 바람과 별과 시

지은이 윤동주 윤동주는 1917년 간도의 명동촌에서 태어나 연희전문학교와 일본 릿쿄(入敎) 대학과 도시샤(同志社) 대학에서 영문학을 공부하였다. 1943년 여름, 독립운동 등을 이유로 경찰에 연행되어 후쿠오카 형무소에서 복역하던 중 1945년 스물여덟의 젊은 나이로 순절하였다. 1946년 유고시 「쉽게 씌어진 시」, 1948년에는 유고시집 『하늘과 바람과 별과 시』가 출간되었다.

지은이 윤동주 **책임편집** 이남호 **발행인** 홍예빈 · 홍유진
발행처 주식회사 열린책들 **주소** 경기도 파주시 문발로 253 파주출판도시
전화 031-955-4000 **팩스** 031-955-4004 **홈페이지** www.openbooks.co.kr

ISBN 978-89-329-2230-0 04810 **ISBN** 978-89-329-2210-2 (세트)
발행일 2022년 3월 25일 초간본 100주년 기념판 1쇄

초간본 간기(刊記) 한정 100부 인쇄 1948년 1월 20일 **발행** 1948년 1월 30일 **발행처** 정음사(서울시 회현동1가 3-2)